Andrew Noah Cap
Exilgedichte

Gedichte, Träume und Gedanken

Band 11 820
510938

1. Auflage Januar 2008

Covergestaltung:
© Raimund Lintzen /Andrew Noah Cap

Photos:
© Andrew Noah Cap

Satz:
Thomas Braun

Herstellung und Verlag:
Books on Demand GmbH
Gutenbergring 53
22848 Norderstedt

Printed in Germany

ISBN-13:   978-3-837-01896-7

Andrew Noah Cap
Exilgedichte

Inhalt

Für meinen Vater

Dieses Buch ist im Großen und Ganzen im Café „Anvers" in Aachen entstanden.

Vorwort

Ein Blick von unten. Von unten in den Himmel, dem so viele entgegen stürmen, immer höher und höher hinaus, bis sie so weit oben sind, dass sie den Blick nach unten fürchten oder schlicht vergessen haben.

Aber auch von da unten ist der Himmel wunderschön anzusehen, vielleicht sogar etwas schöner, als von ganz oben.

Oft ist es ja das einzige, was einem bleibt, — der Blick in den Himmel. Und mit einem Mal fühlt man sich frei wie ein Vogel. Träume und Gedanken steigen auf und alle Probleme des Lebens fallen von einem.

Ich habe einige Zeit als Streetworker gearbeitet und bin dadurch den Menschen ganz unten näher gekommen. Es waren Gespräche mit ihnen, die mich zu diesem Buch inspiriert haben. Diese Gespräche ließen Geschichten entstehen, entfachten Gedanken und Träume.

Diese Träume, Gedanken und Geschichten stehen in diesem Buch. Einigen Menschen haben sie geholfen, das Leben zu ordnen und einen neuen Anfang zu versuchen.

Sicher werden sich auch andere darin wiedererkennen und einen Blick in den Himmel wagen.

An einem Regentag

Er ging einen Weg. Doch der Weg war falsch und schlecht. Aber er träumte, er ging den richtigen Weg. Viele, die ihn kannten, wollten ihn wecken, aber er schlief immer wieder ein und träumte weiter.

Als er an einem Regentag dann endlich aufwachte, war er allein in seinem Zimmer. Ein Fenster, leicht geöffnet, ließ ein wenig frische Abendluft in den spartanisch eingerichteten Raum und die Flamme einer Kerze in immer wieder neue Bewegungen fallen. Ihr Licht ging fast verloren und doch erweckte sie sein Interesse. Wer hatte sie dort hingestellt? Wer brachte sie zum Leuchten? Wo waren all die Menschen, die er liebte?

Als er durch die leeren Straßen schlenderte, fröstelte es ihn leicht. Es regnete nicht mehr, nur noch der Geruch und ein paar Pfützen erinnerten an einen Schauer. Durch manche Fenster drang Lachen nach draußen. Auch waren Wortfetzen zu hören. Alles kam ihm bekannt vor, bekannt und vertraut. Es war ihm, als durchlebe er seine ganze Jugend und Kindheit. Sein Herz tat ihm weh und er versuchte, jeden dieser Momente aufrecht zu erhalten, sich daran zu erinnern. Doch sie verflogen und gaben sein Herz frei. Er lehnte sich unter einen Fenstersturz und versuchte zu lauschen, doch er verstand die Worte nicht. Und so ging er weiter.

Am Ende der Straße saß ein Bettler. Als er sich ihm näherte, sah er einige Groschen und Pfennigstücke auf einem alten Lappen liegen. Er verspürte Neid. Doch da war auch etwas anderes. Mit einem Mal war er selbst der Bettler und schaute auf den Mann, der sich vor ihm aufbaute. Er spürte den Hunger, der seit Tagen an ihm nagte, den Durst, der seine Kehle trocknete und ihm jedes Wort versagte. Wie gerne hätte er etwas gesagt, wie gerne hätte er ein warmes, freundliches Wort gehört, aber sein Blick blieb starr auf die Knopfreihe des Mantels gerichtet.

17

Er wusste nicht, wie viel Zeit verflossen war, als sich durch den dunklen Mantelstoff langsam die reichlich dekorierten Schaufenster der gegenüberliegenden Straßenseite schoben. Da erinnerte er sich an ein Markstück, das er bei sich trug. Es musste da irgendwo in seiner Hosentasche sein. Schnell zog er es heraus und kniete sich nieder. Er konnte jetzt in die tiefen und leeren Augen des Bettlers sehen. Langsam öffnete er seine Hand und ließ das Markstück durch seine Finger gleiten. Ein Gefühl des Glücks und der Zufriedenheit erfüllte ihn.

Doch als das Geldstück den Boden berührte, war die Gestalt des Bettlers verschwunden und vor ihm lag auf dem feuchten Asphalt nur noch ein Knopf, der sich von seinem Mantel gelöst hatte.

Ein kühler Windhauch streifte eine Haarsträhne in sein Gesicht. In Gedanken versunken nahm er den Knopf auf und steckte ihn ein. Er hörte sich lachen. Aber war es sein Lachen? Denn er lachte ja gar nicht. Er schaute sich um, doch die Straßen waren leer. Er stand auf und ging weiter.

Als er um eine Ecke bog, hörte er, wie eine Tür aufgestoßen wurde. Rufe und das Lachen von Kindern durchdrangen die Abendluft. Kinder in bunten Mänteln und Mützen sprangen auf die Straße, manche spielten Fangen, einige andere stellten einem roten Ball nach. Er blieb eine Weile stehen und sah ihnen zu. Immer stärker verspürte er den Drang, ihnen zuzurufen, aber er hatte Angst vor seinen Worten, vor seiner Stimme, vor den Augen der Kinder, die ihn sicherlich würden anschauen, wenn sie sein Rufen vernähmen. Eine ganze Weile rang er mit sich selbst, bis ihn schließlich sein tiefstes Inneres übermannte und er ihnen aus lauter Kehle zurief und er seinen Worten mit Gesten und Armbewegungen zusätzlich Ausdruck verlieh.

Doch kaum waren die Worte über seine Lippen, erschrak er zutiefst, denn er konnte seine eigenen Worte nicht verstehen. Sie waren wie von einer anderen Sprache. Auch zeigten die Kinder keinerlei Reaktion. Es schien, als hätten sie sein

18

Rufen gar nicht vernommen. Sie spielten weiter wie zuvor, lachten und riefen sich laut zu. Auch dieses Rufen konnte er nicht verstehen, obwohl er die Worte deutlich hörte. Er begann, sich einsam zu fühlen. Mit traurigen Augen blickte er auf die Kinder. Zuerst merkte er gar nicht, wie sie um einen kleinen Gegenstand herum tanzten, einen Gegenstand, der ihm, obwohl er ihn nicht genau erkennen konnte, irgendwie vertraut vorkam. Für einen Augenblick wichen alle Ängste und Zweifel und eine innere Kraft ließ ihn auf dieses kleine Etwas in der Mitte der Kinder zugehen. Doch je näher er kam, umso mehr lösten sich die Gestalten in ihren bunten Mänteln auf, bis sie schließlich verschwunden waren. Zurück blieb nur dieser Gegenstand, der nass und schmutzig auf der Straße lag.

Als er sich danach bückte, erkannte er ihn als seine Uhr. Ihm war nicht einmal aufgefallen, dass er sie nicht mehr hatte. Sie musste wohl die ganze Zeit hier gelegen haben, denn jetzt erinnerte er sich, wie er sich hier mit einem Mädchen gestritten hatte, welches wohl der kürzere und bessere Weg zum Bahnhof sei, um ja nicht den Zug zu verpassen. Er musste es wohl sehr geliebt haben, aber jetzt konnte er sich an nichts weiter als diesen Streit erinnern. Alles andere war wie ausgelöscht. Als er das Ziffernblatt der Uhr betrachtete, zeigte es acht Minuten nach zwölf. Sie musste stehen geblieben sein, als sie fiel. Oder war er gefallen und die Zeit stand für ihn still? Sie hätten den Zug so oder so verpasst.

Das Läuten einer Turmuhr riss ihn aus seinen Gedanken. Fünf Schläge hallten durch die leeren Straßen. Fünf Schläge hallten in seinen Ohren. Mit jedem Schlag erklang eine ganze Sinfonie. In jedem Schlag lag sein ganzes Leben verborgen. Jeder Schlag brachte ihn näher zu sich selbst. Ein Schauer lief ihm eiskalt den Rücken herunter. Die scharfe Klinge eines Messers durchdrang sein Herz.

Langsam schlug er den Weg ein, der ihn nach Hause führte. Viel länger als sonst war er unterwegs, und als er zu Hause ankam, begann es bereits zu dunkeln und das fahle Licht der

19

Laternen warf einen gespenstischen Schatten seiner selbst an die Hauswand.

In seinem Zimmer war es dunkel. Durch das Fenster drang kein Licht mehr und auch die Kerze war verloschen. Er verspürte ein großes Schuldgefühl in sich aufsteigen. Er fühlte sich schuldig am Verlöschen dieser Flamme, an der Dunkelheit, die sich wie eine Decke über die Stadt gesenkt hatte, an all den Regentropfen, die sich allmählich wieder dem Himmel lösten. Deutlich sah er vor sich einen kleinen Jungen, vielleicht zwei oder drei Jahre alt. Er sah, wie dieser Junge die Klappe eines Kachelofens öffnete. Hell leuchtete sein weißblondes Haar im Schein des Feuers, als er mit weit ausgestrecktem Arm seinen Schnuller, den er über alles liebgewonnen hatte, der Glut überließ. Er spürte die Hitze in seinem Gesicht. War das der Ursprung von allem, von seinem ganzen Leben? Es war das erste Mal, dass er etwas, was ihm am Herzen lag, zerstörte. Und viele weitere Male sollten folgen.

In dieser Nacht schlief er tief und fest. Eine wichtige Erkenntnis verhalf ihm zu dieser Ruhe.

Purpur erfüllte am nächsten Morgen das kleine Zimmer. Der Singsang der Vögel durchdrang die Stille des neuen Tages und ließ ihn mit einem Lächeln erwachen. Er wusste nun, was er sich, vor allem aber allen anderen schuldig war. Er griff zu Stift und Papier und schrieb all seine Träume und Gedanken auf. Für die, die er stehen ließ, indem er sie fortschickte. Und mit jedem Wort, das er schrieb, verspürte er mehr, wie sehr er diese Menschen liebte und brauchte.

Eine bizarre Mischung aus Glück und Trauer legte sich in sein Herz und verweilte dort bis an sein bescheidenes Ende.

20

Sonnenstrahlen

Sonnenstrahlen,   schenkt mir ein Lächeln
Sonnenstrahlen,   schenkt mir Glück
Sonnenstrahlen,   senkt euch ins Herz ein
Umgebt es mit Wärme   Stück für Stück

Und breitet die Nacht auch die dunkelste Fülle,
Die Decke der Schwärze weit über uns aus
Tief in meiner Seele in seidener Hülle
Im strahlenden Licht steht für euch ein Haus

Sonnenstrahlen,   schenkt mir Hoffnung
Sonnenstrahlen,   nur ein Stück
Sonnenstrahlen,   wärmt mein Herz auf
Dass dort Liebe   kehrt zurück

Immer wieder der selbe Wind

Immer wieder der selbe Wind

streicht über die Fichten auf dem Berg

und über die Eichen im Tal.

Warum jedoch ist ihr Rauschen so anders?

Darüber denke ich schon so lange nach.

Heimat

Wo in Tälern ruhig die Mosel zieht
Ein lang geschwungen blaues Band,
Durchs weite, wunderschöne Land.
Wo Reben, an Hängen so weit man sieht,
Im Winde singen ein fröhlich Lied,
Wo Wein im Glase Seele hat,
Dort steht meine Heimatstadt.

Ist der Weg vor mir auch weit
Und führt er mich an manchen Ort,
In Gedanken bin ich stets dort.
Keine Berge, Täler, Zeit,
keine Not und auch kein Leid
Können mich mit Trug und Schein
Von meiner Heimatstadt entzwei'n.

So weit entfernt die Sehnsucht schürt
Die Glut in meinem Herzen drin
Und sagt mir, dort gehör' ich hin.
So spür' ich, wie es mich berührt
Und meinen Weg dorthin dann führt,
Wo mein Herz ein Zuhause hat,
Zurück in meine Heimatstadt.

Erschreckende Erkenntnis

Schreie in der Nacht
Rennende Menschen

Hallendes Lachen
Fratzen überall

Donner durchfährt den Nebel
Schleier legen sich über sie

Der Mond färbt sich rot
Hände berühren sich

Nichts ist zu sehen
Einsamkeit und Ungewissheit

Zurück geht es nicht mehr
Die Räder stehen

Fackeln eines Totenzuges
Der weißen Pferde Fell

Mir stockt der Atem
Da stehe ich

Warum

Leicht wie ein Kind
Singend der Regentropfen

Fließend
In der Unendlichkeit des Seins

Die dunkle Sonne
Treibt Erinnerungen in den Tag

Ein Lied der Zuversicht
Verhallt in Gedankenlosigkeit

Die Strophe
Der Zweckmäßigkeit

Neigt sich das Jahr dem Ende?
Wie viele Seiten hat ein Buch?

Und er fragte ihn Warum?

Peter Pan, mein Freund

Ich weiß noch genau, wie er das erste Mal zu mir kam. Wir wohnten damals noch woanders, in der Nähe eines Flughafens und nachts konnte man von meinem Fenster aus die Lichter sehen. Manchmal sogar Flugzeuge, wie sie starteten oder landeten. Das gab dann immer einem wahnsinnigen Lärm. Oft saß ich dort, beobachtete das nächtliche Treiben und träumte vor mich hin.

So auch an diesem Abend. Es war warm draußen und ich hatte das Fenster ganz geöffnet. Gerade startete eine Maschine. Es war immer die gleiche Geräuschkulisse. Zuerst hörte man ein lautes Surren, doch mit einem Mal verwandelte es sich in einen ohrenbetäubenden Lärm, der nur langsam in der Ferne verschwand. Manchmal musste ich mir sogar die Ohren zuhalten. Ganz fasziniert blickte ich auf die aufsteigenden Lichter, als sich aus einem ein kleiner Punkt löste und direkt auf mich zu kam. Erst langsam, dann immer schneller. Ich war wie versteinert und wusste nicht, was ich tun sollte, aber da war er auch schon genau vor mir, ungefähr einen Meter vor meinem Fenster, frei schwebend in der Luft. Mit großen Augen sah ich ihn an.

"Hallo, habe ich dich erschreckt? Ich bin Peter." Er wartete die Antwort erst gar nicht ab, drängte sich an mir vorbei durch das Fenster und setzte sich auf mein Bett.

"Ist das deine Eisenbahn?"

Er zeigte auf die Modelleisenbahn, die am Kopfende meines Bettes aufgebaut war. Was sollte ich ihm sagen? Eigentlich war sie ja mir, aber andererseits auch nicht. Es war mehr das Hobby meines Vaters und zu jedem Anlass, Geburtstag oder Weihnachten, bekam ich etwas dazu; das heißt, er, denn ich war immer nur der Vorwand.

"Du bist aber nicht besonders gesprächig."

"Was erwartest du? Es passiert ja nicht alle Tage, dass grüne Robin Hoods durchs Fenster flattern."

29

Er grinste nur.

"Komm, wir wollen Spaß haben."

Kaum hatte er das gesagt, löste sich aus seiner Mütze ein kleiner Lichtpunkt. Wie eine Sternschnuppe sah er aus. Er drehte ein paar Kreise über uns und verteilte silberfarbenen Staub, bis ich überall glänzte wie ein polierter Zinnsoldat.

"Das ist die Sternfee Naseweis. Mit ihrem Sternenglanz lernst du fliegen."

Schon packte er mich am Arm und zog mich durchs Fenster nach draußen. Immer höher und höher stürmte er mit mir an der Hand. Es war ein eigenartiges Gefühl, das Haus und die Bäume unter mir verschwinden zu sehen, aber Angst, hinunter zu fallen, hatte ich seltsamerweise nicht. Im Gegenteil. Ich fing an, es zu genießen. So merkte ich auch nicht, dass er mich los ließ. Ich sah nur, wie er in einem großen Bogen unter mir weg tauchte. So konnte ich mich frei in der Luft bewegen und hinfliegen, wohin ich wollte. Passieren konnte mir nichts, denn ich hatte ja den Sternenglanz. Es war toll, einfach so zu schweben und die Lichter der Stadt zu betrachten.

Ich merkte gar nicht, wie die Zeit verging, aber als Peter eine große Schleife um einen Kirchturm flog, wusste ich, dass es wieder nach Hause ging.

"Wirst du wiederkommen?", fragte ich ihn.

"Das hängt davon ab, ob du mich vergisst oder nicht."

Nein, vergessen wollte ich ihn ganz bestimmt nicht, dazu war das Erlebnis viel zu schön.

In der darauffolgenden Nacht wartete ich voller Spannung, dass er wieder an meinem Fenster klopfen würde, aber es blieb still. Auch die anderen Nächte kam er nicht und ich dachte, er hätte mich vielleicht vergessen. Ich lag immer lange wach, um ihn auch ja nicht zu überhören. Meine Eltern waren nicht besonders erfreut darüber, dass mein Fenster nachts weit auf stand, und so musste ich es dann immer zumachen.

30

Fast hatte ich die Hoffnung aufgeben, als er dann endlich doch kam. Er holte mich ab, und wir machten lustige Streiche.

Einem Nachbarn, der immer über alles meckerte und nie ein freundliches Wort verlor, bestäubten wir sein Auto mit Sternenglanz und stellten es auf das Garagendach. Oder wir verstellten die Turmuhren. Die bimmelten dann immer ganz unkontrolliert mitten in der Nacht.

Hin und wieder taten wir so, als könnten wir zu Fuß über den Fluss gehen, der an der Stadt vorbei floss. Wenn uns einer dabei sah, stand das am nächsten Tag dann in der Zeitung. Und wenn uns einmal nichts einfiel, flogen wir zu den Bahngleisen und rieten, wie viele Waggons der nächste Zug wohl haben würde. Wer näher an der richtigen Zahl war, hatte gewonnen. Der Verlierer musste sich dann einen neuen Streich oder ein neues Spiel ausdenken.

Wir hatten viel Spaß zusammen. Ich lebte mehr nachts als am Tag und meine Eltern begannen, sich große Sorgen zu machen. In der Schule ließen meine Leistungen nach und sehr oft machte ich nicht einmal meine Hausaufgaben. Wozu auch, fragte ich mich, ich hatte ja Peter.

Doch dann kam die Nacht, in der sich alles änderte. Wie gewohnt kam Peter ans Fenster, klopfte kurz und als ich öffnete, flog er herein. Naseweis verteilte ihren Sternenglanz und schon waren wir wieder unterwegs. Aber auf dem Flug sagte er mir, dass ich mich nun entscheiden müsse, ob ich erwachsen werden wolle oder ihm nach Nimmerland folge, um mit ihm gegen die Piraten zu kämpfen. Ich könne ja bei den verlorenen Kindern bleiben. Wie gerne wäre ich ihm gefolgt, aber irgendetwas hielt mich auf. Wenn ich mitkäme, wäre es für immer, hatte er gesagt. Für immer. Er merkte, dass ich zögerte.

"Dort hinten. Der zweite Stern von rechts und dann immer der Nase nach. Aber vergiss nicht, wenn du nicht kommst, wirst du erwachsen. Du wirst mich langsam vergessen und denken, du hättest alles nur geträumt. Überlege es dir gut."

31

Mit diesen Worten ließ er mich zurück und verschwand in der Ferne. Ich flog nach Hause. Am Fenster dann schlief ich ein. Peter kam nicht mehr zu mir. Zuerst fehlte er mir, aber mit den Jahren ging auch die Erinnerung.

Einige Jahre später starb meine Mutter. Dann zogen wir in eine andere Stadt. Mein Vater heiratete wieder. Ich ging auf die Realschule, später begann ich eine Berufsausbildung. Ich wurde erwachsen. Doch immer, wenn ich den Namen Peter Pan hörte, wurde mir warm ums Herz. Aber ich wusste nicht, warum.

Heute weiß ich, ich konnte und wollte es nicht verhindern, erwachsen zu werden. Peter behielt recht. Mit einem Mal ist er aus der Erinnerung verschwunden in die Träume zwischen Tag und Nacht, dort, wo die Sonne die Sterne küsst. Aber er wartet. Und es wird noch viele geben, die von ihm träumen und an ihn denken. Zu ihnen wird er kommen, und mit ihnen wird er lustige Streiche und Spiele spielen, bis auch sie erwachsen werden und ihn vergessen.

Manchmal erwische ich mich, wie ich in einer sternklaren Nacht in den Himmel schaue und ihn suche, den zweiten Stern von rechts.

Herbst

Es ist kühler geworden

Oder meine ich es nur?

Glaubte ich
Den kühlen Atem des nahenden Herbstes zu spüren?

Sind es die nassen Wände
Dieser bizarren Stadt, die mir das Frösteln bringen?

Sind es die Bäche, die sich durch die Häuser graben?

Hat uns der Sonnenschein verlassen?

Kalt
Ist das schmiedeeiserne Geländer unter meinen Händen

Fühlt ihr es auch?

Es kühler geworden

Januarnacht

Wie die Vögel die Sonne des Südens
Wie der Fluss den Weg ins Tal
Wie die Wolken die Weite des Horizonts
Suche ich nach Liebe in Deinen Augen

Doch sehe ich nur die in fahlem Mondlicht schimmernden,
vereisten Äste
Eines kahlen Baumes in einer Januarnacht
Im Schnee verweht die letzten Spuren

Einen Weg gegangen und doch verfehlt
Ein Land verhüllt im schmerzlich blendenden Weiß

Mit den leblosen Armen eines Strauches
Treibt der Wind sein klirrend eisiges Spiel

Wie lange wohl noch wird Eis unsere Seele bedecken?
Wie lange wohl noch wird der Himmel leer bleiben vom Sang
der Vögel?
Wie lange wohl noch wird der strahlende Duft der Früh-
lingsblume

Uns das Warten lehren

Bis er unsere Herzen mit Leben und Glück aufs Neue erfreut?

Die letzte Mark

Neunundneunzig Pfennig, bitte. Ihre Stimme war kalt, ohne
einen freundlichen Unterton. Sie blickte nicht einmal auf.
Auch ihre Kasse zeigte unmissverständlich, in kaltem Grün
leuchtende neunundneunzig Pfennig, fast eine Mark. Wusste
sie eigentlich, was diese Mark für ihn bedeutete? Wie lange
er sich überlegt hatte, was er sich denn nun dafür kaufen
wollte. Eine Dose Coca-Cola und einen Schokoladenriegel.
Jetzt stand er an der Kasse und suchte diese eine Mark in
der Hosentasche. Da war dieses kleine, silberne, runde Ding.
Das Licht der Neonbeleuchtung blitzte kurz auf, als er das
Geldstück wehmütig auf den Münzteller legte. Zügig wie
gewohnt griff sie danach, ohne hinzusehen oder zu prüfen,
ob es denn nun wirklich eine Mark war. Die Kasse sprang auf
und schon war sie verschwunden. Seine Mark. So schnell
ging das. Sie hätte ihm doch wenigstens ein freundliches
Wort sagen können. Aber nichts dergleichen.

Der Klang einer Münze, die in die Rückgabeschale fiel, riss ihn aus seinen Gedanken. Er griff nach dem Kassenbon und dem darunter verborgenen Pfennig. Das also blieb übrig von seiner Mark. Nun hielt er eine Dose in der Hand. Eine Dose und einen Schokoladenriegel. Er sah auf den Bon. Da standen ein Datum und eine Uhrzeit. Dreiundzwanzigster August sechzehn Uhr achtundzwanzig. Aber noch mehr. Zahlen, die ihm ganz klar sagten, dass er Geld zu bezahlen hatte, fast eine Mark.

Der nächste Kunde drängte sich an die Kasse und zeigte ihm deutlich, dass er unter Zeitdruck war. Er ließ sich davon nicht beeindrucken, drehte sich in Richtung Ausgang und verließ das Geschäft, den Blick immer noch auf den Bon gerichtet.

Draußen ging er auf eine Bank zu, die unter einem halb eingezäunten Baum im Schatten stand. Jetzt die Cola. Langsam verschwand sie Schluck für Schluck. Seine Cola und seine Mark.

Wie wenig eine Mark doch heute bedeutet. Ihm bedeutete sie viel. In ihr lag das unabwendbare Ende seines gesellschaftlichen Lebens. Die Dose war leer. Sie verschwand in dem Mülleimer, der direkt neben der Bank stand. Es war die letzte Dose Coca-Cola für eine lange Zeit. Wann wird er wieder eine in der Hand halten? Eine Dose. Eine Mark.

Es war die letzte Mark, die er hatte.

38

Augen wie die meinen

Augen wie die meinen
Hab ich im Spiegel geseh'n
Augen wie die meinen
Ließen mich fragend steh'n

Augen wie die meinen
Sagen mir so manches Wort
Zeigen mir so manche Strecke
Führen mich an manchen Ort

Augen wie die Deinen
Reißen mich aus meinem Traum
Geben mir ein neues Leben
Doch dieses Leben kenn' ich kaum

Wo war ich, als die Welt sich drehte
Wo war ich, blieb ich einfach steh'n?
Große Augen wie die meinen
Mit Deinen hätte ich's geseh'n

An diesem Tag

An diesem Tag
Sah die Welt, wie ein Mensch starb

Verzerrte Fratzen in den Schaufenstern des Geschehens

Der Donner eines Schlages
Die Berührung nicht zu spüren

Auf der Stelle tot
Und doch gefangen in seinen Träumen

Die Hilfe so fern
Der Tod so nah

Im Angstschrei ziehen vorüber
Vergangene Bilder des Glücks

Eines anderen Geschichte
Verlassen seiner Selbst

Wie macht man ungeschehen
Was geschah?

Ungesehen
Was man sah?

Geborgenes
Verborgen

Fern
Und unsichtbar

Die Zeit vergeht im Flug
Vorbei an Wolken der Vergangenheit

An einem Tag
Sah die Welt, wie ein Mensch starb

An diesem Tag
Starb ein Mensch in mir

Ein herrlicher Morgen

Ein herrlicher Morgen
Offenbart sich mir in all seiner Schönheit

Der Glanz goldgelber Blätter
Lässt die Kälte der letzten Nacht in Vergessenheit geraten

Spatzen toben sich aus im nahen Strauch
Vollführend wahre Kunststücke beim Erhaschen eines hier
und da

Kaum eine Bewegung
Merkt man der frischen wohligen Herbstluft an

Still, ja starr
Zeigen die Finger eines Baumes gen Himmel, seines Kleides
längst entblößt

Wärmend schickt die Sonne ihre Spitzen durchs Geäst

Ein herrlicher Morgen,
Erfüllt von Ruhe und Vollkommenheit

Und ich frage mich warum

Wenn Du mich noch liebst, dann dreh Dich doch um
Und ich schenk Deinem Mund nicht Glauben
Wenn Dein Herz mich begehrt und bleibt stumm
Klopf ich auch an ganz sacht
Eine bedrohlich finstere Macht
Regiert. Und ich frag mich warum.

Du gehst einen graden Weg krumm
Und ich kann meinen Augen nicht trauen
Dein Herz bäumt sich auf und bleibt stumm
Du selbst nur kannst Dich befrei'n
Du selbst nur kannst Dir verzeih'n
Doch Du schweigst. Und ich frag mich warum.

Du suchst, doch Du drehst Dich nicht um
Tief in Dir hast Du mich längst gefunden
Dein Herz leuchtet hell und bleibt stumm
Jedes Wort ist ein Selbstbetrug
Dein Verstand und doch nicht genug
Dein Herz. Und ich frag mich warum.

Ein Spiegel

Du bist in einer unendlichen Leere

Deine Blicke durchstechen suchend die Schwärze

Nichts

Allein und scheinbar für immer verloren

Plötzlich
Verfängt sich Dein Blick an einem Lichtschein

Zielstrebig gehst Du auf ihn zu
Hoffnung

Nahe genug herangekommen erkennst Du
Seine Herkunft

Ein Spiegel

Der Weg zu zweit ist gelogen

Wie oft hatte er es ihr gesagt? Wie oft hatte sie es ihm gesagt? Wir schaffen es, wenn wir zusammenhalten. Aber was blieb davon übrig?

Nun zog er durch eine fremde Stadt und versuchte sich daran zu erinnern. Daran, wie alles angefangen hatte. Wie er sie das erste Mal sah und direkt wusste, dass sie die Frau fürs Leben war. Jung war sie und unverbraucht, voller Energie und einfach zum liebhaben. Wenn er damals gewusst hätte, was er ihr alles antun würde, hätte er sie niemals zu einem Tanz aufgefordert. Ein Tanz. Das war der Anfang von allem. Wie eine Wolke zog die Melodie, die die Tanzband an diesem Abend spielte, an ihm vorbei. Er konnte das Parfüm ganz deutlich riechen. Sein Herz tat ihm weh. Aber schon schossen ihre letzten Worte durch seinen Kopf. Aber mit uns ist es ein für alle Mal vorbei. Vorbei hatte sie gesagt, ohne sich Gedanken zu machen, was dieses Wort eigentlich bedeutet. Wir schaffen es, wenn wir nur zusammenhalten. Wenn. Aber hatten sie denn zusammengehalten? Seine Probleme wurden immer größer, so groß, dass er sie alleine nicht mehr bewältigen konnte, doch sie war da, wie eine große Stütze, ein großer Halt. Er konnte nicht reden, immer wieder versuchte er es, aber die Worte verwandelten sich in irgendetwas Belangloses oder gar in eine Lüge. Er brauchte ihre Nähe und schöpfte in ihr die Kraft, die ihn zum Weitermachen ermutigte, auch da, wo er sich selbst schon lange aufgegeben hatte.

Anstelle zu versuchen, Klarheit in sein Leben zu bringen, verstrickte er sich immer weiter in seine Träume, bis er schließlich unfähig war, zwischen Traum und Wirklichkeit

48

zu unterscheiden. Doch es passierte das, was passieren musste. Sein ganzes Traumhaus brach zusammen und der Schutzwall, mit dem er sie zu schützen versuchte, versank in den Tiefen der Realität. Und doch hielt sie zu ihm. Wir schaffen es, wenn wir nur zusammenhalten.

Sie redeten nächtelang und er spürte, wie sehr er sie enttäuscht hatte. Er wollte alles wieder gut machen. Ehrlichkeit und Offenheit versprach er ihr. Er sah ihre Augen, die Hoffnung darin, und das Spiegelbild seiner Augen in ihren, und die Lüge darin. Er konnte sie nicht leiden sehen unter der Last, die er ihr zumutete. Sie war so schwach und der Berg so groß. Er liebte sie von ganzem Herzen und das zermürbte ihn. Langsam versuchte er sie zu entlasten. Er nahm seine Probleme selbst in die Hand und versagte.

Aber er wusste, was er zu tun hatte. Er gab ihr Herz frei. Es war die einzige Möglichkeit, ihr die Freuden des Lebens zurückzubringen, die sie früher einmal hatte, ihr Lächeln, das ihn früher einmal verzauberte. Er hatte sie um ihre Jugend betrogen und beinahe auch ihr Leben zerstört. Es gab keinen Ausweg aus seiner Situation, die er selbst zu verantworten hatte. Das wurde ihm klar. Ein Stich durchzog sein Herz bei jedem Gedanken an sie, aber die Gewissheit, dass es ihr gut ging, ließ seine Wunden heilen.

Wir schaffen es, wenn wir nur zusammenhalten. Hatte er daran wirklich geglaubt? Oder war auch dies nur einer seiner Träume, in denen er sich vor der Realität versteckte?

Wie gern würde ich gestern morgen erleben

Ein Treiben

Fließend ein Stück nur an jeder Ort

Die Unendlichkeit eines Augenblickes
Verschollen und immerdar

Eine Freude
Gerade verweilt und schon verblichen
Der Strom der Zeit
In jeder Richtung ohne Ziel
Ein Blatt einer Erinnerung
Gehalten und doch nicht wert

Wie gerne würde ich gestern

Morgen erleben

Horizont

Einer kleinen Stadt entsprungen
Als ganz kleiner Mann
Immer im Schatten der Großen
Den Leuten von Welt

Ferne Länder bereist
Viele Städte gesehen
Ein Theater der ganz anderen Art
Erkannt und bewahrt

Von oben gesehen ist ein Schatten groß
Ein Schatten von großen Leuten
Doch von der Seite ist er klein
Viel kleiner als eine Schuhsohle

Die großen Leute von Welt
Aus einer kleinen Stadt
In der Welt Leute fragen
Die kennt keiner

Zu zweit

Einen schwierigen Weg, steinig und weit
Wenn man sich liebt, man geht ihn zu zweit

Der eine gibt auf den anderen acht
Wohl wissend, dass jeder mal Fehler macht

Und all diese Berge und Täler der Welt
Wie will man sie meistern, wenn man sich ihnen nicht stellt

Oft gibt es Zweifel, oft braucht man Kraft
Es gibt keine Klippe, die zu zweit man nicht schafft

Durch dick und dünn, wie das Sprichwort schon sagt
Schweißt Herzen zusammen, wenn man's „Zwei sein" erst
wagt

Und der gemeinsame Weg, blickt man einmal zurück
Zeigt Geduld und Gefühle, Sehnsucht und Glück

Kalter Stein

kalter Stein an meinem Ohr

der gehenden Leute Schritte
hauchen ihm einen unwirklichen Puls des Lebens ein
gleich meinem Herzschlag im rhythmischen Duett

eine ungebändigte Kraft
schöpfend aus einem unendlich tiefen Pfuhl der Ruhe
treibt einen Speer durch meinen Körper

blank polierte Schuhe
spiegeln sich in meinen weit aufgerissenen Augen

verewigt in einem Augenblick

Ich schaue über mein Visier

Ich schaue über mein Visier

Langsam erhebt sich die Morgensonne
Der leichte Nebelschleier löst sich
Erste Vogelstimmen werden laut

Ich schaue über mein Visier

Dahinten
Die andere Seite des Feldes
Er wird kommen
Irgendwann

Ich schaue über mein Visier

Er muss es zuerst tun

Er
Nicht ich
Warum ich?

Ich will es nicht schuld sein

Ich schaue über mein Visier

Es ist alles so nah und doch so fern

Ich werde mich erschrecken
Ich erschrecke
Ich habe mich erschreckt

So wird es sein
So ist es
So ist es gewesen

Ich schaue über mein Visier

Langsam erhebt sich die Morgensonne
Der Nebelschleier hat sich gelöst
Vogelstimmen durchdringen die kühle Herbstluft
Ein neuer Tag ist da

Ich schaue über mein Visier

Er wird kommen
Irgendwann

Gleise

Züge rauschen unter mir
Ihr Rauschen gleicht einer Musik
Ihr Rattern fordert zu einem Tanz auf
Wenige Sekunden noch

Dann ist es wieder still
Still um mich

Eine ganze Welt zieht an mir vorbei
Auf geradem Wege in fließender Bewegung
Immer weiter und weiter dem Ziel entgegen

Es ist wieder still
Still um mich

Sehnsucht lässt mich ihm nachschauen
Es ist, als blicke ich meinem ganzen Leben hinterher
Ein Gefühl, als hätte ich alles verpasst

Ich blicke auf die Gleise

Zwei Linien auf einem gemeinsamen Weg
Erst in weiter Ferne berühren sie sich

Aber berühren sie sich wirklich?

Bald schon kommt der nächste
Was er mir wohl bringt?

Ich habe noch so viele Fragen
Habe noch so viel zu sehen
So viel zu fühlen

Aber auch dann wird es wieder still sein

Still um mich

Mutter

Sie hat einen Krieg gesehen
Sie sah den Aufbau eines Landes

Sie sah ihre Kinder auf dem Weg in die Reife
Sie sah die Launen eines Mannes

Sie sah den Tod ihrer Eltern
Sie sah den Abschied von einem Mann

Sie sah den Abschied von ihren Freunden
Sie sah ein neues Heimatland

Sie sah das Leid von ihren Kindern
Sie sah die Krankheit von einem Mann

Und immer war sie da
Und gab Liebe und Wärme

Ein Lächeln, das man nicht vergisst
Geborgenheit

Herbstgedanken

Wenn ein Blatt dem Baum entfällt
Der Wind es trägt auf Wogen zart
Und in geschwisterlicher Art
Es zu den andern sich gesellt
Und mir sich eine Frage stellt
Hab ich's schon immer so gespürt
Wurd' ich schon immer so berührt
Wenn golden-gelb der Herbst uns naht?

Liebe

Einen Traum zu Ende führen
Im Nebel formen die Kontur
Dunkle Augen, Atem spüren
Nähe suchen, sich berühren
Gehindert von der Liebe nur

Der Verrat am Freund

Er schaut herab auf einen Punkt
Wird er mich sehen?

Er war mein Freund
Oder ist er es noch?

Er schenkte mir Vertrauen
Oder schenkt er es mir noch?

Ich kann seinen Blick nicht ertragen
Ich rannte vor ihm davon

Einen Freund kann man nicht enttäuschen
Nur verraten

Enttäuschen nicht, weil er Dich kennt
Verraten, wenn Du ihm die Möglichkeit nimmst, Dich zu
verstehen

Warum habe ich es getan?
War es die Angst, die Scham?

Vorüber ziehen Bilder einer Freundschaft

Lachen, Weinen, Angst und Kraft

Ich habe meinen Freund verraten, weil ich mich seinem Blick entzog

Er fehlt mir so

Aber noch liegt es in meiner Hand

Eine Liebe wird verblühen
Eine Freundschaft nie, man braucht Mut
Mut, zu seinen Fehlern zu stehen

Hoffentlich habe ich den Mut
Den Mut, zu meinem Verrat zu stehen

Den Verrat am Freund

Seht, sie marschieren wieder

Seht, sie marschieren wieder

Zu stampfendem Vierertakt erheben sich die Gruppen der Instrumente empor zu einer Sinfonie der Superlative.

Höher und höher
Weiter und weiter

Unerschütterlich bauen sich ihre Fronten auf in wilden Drohgebärden, um schließlich ohne jede Ahnung eines Ausgangs in treibendes Allegro zu verfallen,

Zugleich und ohne Halt
Gegeneinander und gegeneinander

Eng umschlungene Linien von Melodien führen eine Dur-Molltonale Schlacht um einen längst verlorenen, fiktiven Mittelpunkt, bis sie letztlich hinfort geschmettert werden von Trompeten und Posaunen in wildem Sturm von einem Plan längst vergangener Zyklen, und eine Stille herrscht in ihrer erschreckenden Einfachheit.

Nur der silbrig helle Klang einer Triangel, von Schwaden getragen über ein Schlachtfeld der Vielfältigkeiten, in gleichmäßig ruhigem Schlage

Kinder summen eine einfache Melodie, tanzend und springend

Und seht, sie marschieren wieder

Ein Brief im Sand

Ein freies Stück, ein Brief im Sand

Gefühle liegen in den Worten
Ein Leben findet seinen Grund
Die Last der Jahre liegt verborgen
In seinen Linien, geschwungen rund

Geschrieben nur von bloßer Hand

Tief in ihm liegt eine Liebe
Hoffnung, die so lang schon wich
Zärtlichkeit vergangener Triebe
Dieser Brief, er spricht für sich

Regentropfen hier und dort

Keine Anschrift und kein Umschlag
Kein Vogel ihn zur Liebsten bringt
Tropen für Tropfen reinen Wassers
Er in Vergessenheit versinkt

Nach einer Weile ist er fort

Wer war der Mensch, diese Gedanken
Wer war der Mensch, der ihn einst schrieb
Wem galt der Brief, der in den Wogen
Vergangener Tage von uns trieb?

Wenn jemand weint

Daneben stehen, wenn jemand weint

Stehen an seiner eigenen Grenze
Ohnmacht und Betroffenheit
Jedes Wort ist ein Wort zu viel
Jedes Schweigen noch viel mehr

Ein Schmerz ruht im Raum
Verloren

Daneben stehen, wenn jemand weint

Sehnsucht nach Trost
Lässt einen erstarren
Mit einem Menschen leiden
Warten auf den nächsten Tag

Daneben stehen und weinen
Tief im Herzen ohne Tränen

Weinen

Wo ist meine Kindheit hin

Viel zu früh ist sie gegangen
Ich hab' es nicht einmal gemerkt

Es war alles so leicht, damals
Keine Verantwortung

Die Zeit hat mir alles genommen
Und ich war noch nicht so weit

Sie fehlt mir so
Sie kommt nicht wieder

War es meine Schuld?
Nein, es ist der Lauf der Dinge

Wenn ich heute zurückblicke
Was würde ich alles anders machen

Nichts

Ich würde wieder nicht merken, wann sie geht

Meine Kindheit
So eine Unbefangenheit

Jeder Tag brachte etwas Neues
Mit großen Augen nahm ich es auf

Heute verschließe ich die Augen
Jeden neuen Tag übersehe ich großzügig

Die Freude am Kleinen
Die Sehnsucht nach etwas Belanglosem

Geborgenheit
Die Gewissheit, wo ich hingehöre

Meine Kindheit
Ich war so frei

Ich würde gerne noch einmal Spielen
Unberührt von allem um mich herum

Meine Kindheit
Ich war noch nicht bereit

Sie ging viel zu früh
Ich war noch nicht so weit

Zu Real

Surreale Integration
Irreale Konfusitation

Automobile erblühen im Glanz des Mondlichtes

Trotz vorhandener Regeln treibt ein Autor
Sein unsinnig' Spiel

Ist es die Morgendämmerung, die verspätet ein Begräbnis
einläutet?

Ist es die Konfrontation
Mit dem Nichtvorhandensein des Seins?

Ein Kristall erweckt, was niemand erahnt
Die Zeit zerfließt wie eine Uhr

Das Ergründen der grundlosen Schuld
Reflektiert die zweckmäßige Überheblichkeit

Was sich ändert, bleibt stehen
Sinnvolles Ausnutzen der Abhängigkeit der Unlust

Das Uninteresse der Deformierung eines Schadens macht
sich breit

Ein Lachen hallt durch den Rest eines Schlüsselloches
Ein Gang voller Bilder macht uns nicht klug

Die Neuerung einer Information
Fügt zusammen alle Unkenntlichkeit

Klares Bewusstsein erlangt man nur unbewusst
Ängste setzen eine Kraft frei, die man fürchtet

Feierabend
Ist das Ende einer Leistungsgesellschaft

Die Gabe des Gebens wird vergeben
Nach den Kriterien einer Planungsnostalgie

Der Ruf der Vergangenheit
Erreicht uns erst morgen

Das Ende eines Abschnittes
ist der Anbeginn eines Fragewortes

Kooperative Immunität ist ein Bindeglied zwischen
Inkompetenz und Assoziation

Genialität ist ein Störfaktor im heutigen Intellekt

Automobile erwachen im Eisfrühling einer Hochsaison

Nein, ich nicht

Er wollte, dass ich es verkaufe
Ich sträubte mich dagegen

Das ist doch Unrecht

Ich könnte es so gut gebrauchen
Der ganze Druck wäre weg
Mit einem Mal

Ich kann es nicht greifen
Etwas blockiert in mir
Diese kleinen Päckchen
So viel ich nur will

Was machen sie damit?
Eine Frage steht im Raum
Eine Frage folgt als Antwort
Wen interessiert das?
So schnell so viel
Und ich brauche es

Und doch sage ich NEIN
Ich verkaufe keine Drogen

Weiter

Blätter eine Seite weiter
Im großen, schweren Lebensbuch
Und sag mir, was geschrieben steht
Zeig mir, was ich so lang schon such

Gehe einen Schritt nach vorne
Auf dem langen Lebensweg
Und sag mir, was mich dort erwartet
Sag, was ich mir auferleg

Dreh die Uhr zwölf Stunden weiter
Sag mir, was am Morgen war
Sag mir, hast Du mich gesehen
Sag mir, war ich auch noch da?

Abschied eines Clowns

Warum
Es spricht ein Kindermund

Ein Lichtkegel erfüllt ihn ganz
Ein Meer von Augen erfüllt ihn ganz

Eine Träne geht ihren Weg
Perfekt inszeniert in der Manege des Lebens

Ein echtes Gefühl
Unentdeckt und übergangen

Wie auch immer
Es dreht sich ein Rad

Aufbrandender Beifall begegnet einer Erheiterung
Lachender Zwang

Innere Bewegung bleibt verborgen
In wild agierender Äußerung

So viele Köpfe
Und er bleibt allein

Er sah Höhen, er sah Tiefen
Doch niemals sah er sich

Musik erhellt ein übertönendes Schauspiel

Was ist ein Ende?
Ein fallender Vorhang öffnet sich wieder

Warum
Es spricht ein Kindermund

Da fällt ihm eines wieder ein:

Ein Lachen, das von Herzen kommt
Ein freudestrahlendes Gesicht
Ein Lachen, das mich ganz erfüllt
Solch ein Lachen, kenn ich nicht

Das Licht erblasst
Und er geht

Abschied eines Clowns

Traumblasen

Traumbasen ziehen
Getragen auf sanften Wogen
Wahrnehmung, Wunsch und Erinnerung
Vereint zu einem Traum aus Glas

Ein Blick hinaus in die Welt
Zeigt die Sehnsucht nach Geborgenheit
Kinderaugen leuchten hell
Ein Herz lacht strahlend Dir entgegen

Lautlos ziehen sie vorüber
Jeder hat sie schon gesehen
Hoffnung schenken sie uns immer
Nur platzen dürfen sie nicht

Jeder von uns kann sie schaffen
Und aussenden auf ihren Weg
Die ganz eigenen Gedanken
Tragen sie mit sich über ein Meer der Träume

Da bist Du

Ein sanftes Kribbeln in meinem Bauch
Einen Herzschlag von der Ewigkeit entfernt

Ich fühle, wie es kommt
Stärker und stärker

Ich will es sehen
Doch ich brauche es nicht

Denn ich weiß
Da bist Du

Und das ist gut

Der Bettler

Es war ein sehr heißer Tag. Viel heißer als die Tage zuvor. Die Fußgängerzone war überfüllt mit Leuten, die merklich unter der Hitze leidend von einem Geschäft ins nächste eilten, auf der Suche nach diesem und jenem, in erster Linie aber nach einem etwas kühleren Fleckchen.

Er saß an einer Ecke unter einem Überbau, dort, wo ihn die Sonne nicht erdrücken konnte, und beobachtete die Menschen, die an ihm vorübergingen.

So war er auch einmal. Alles war wichtig, nur das Wichtige nicht. Immer wieder gab es Neues, Anderes, dem er unbedingt nachgehen musste, neue Ideen, die verwirklicht werden wollten, aber nichts brachte er zu Ende, nichts führte ihn zum Ziel. Aber hatte er es gewusst? Wusste er es denn jetzt? Ohne einen Gedanken daran zu verschwenden, verspürte er Neid. Er war neidisch auf all die Leute, die beladen mit Tüten und Taschen, Kartons und Paketen voller irgendwas ein Geschäft verließen, um im nächsten zu verschwinden. Ihm fehlte dieses Leben, diese scheinbare Geborgenheit in einem klar definierten Ablaufplan des Lebens. Aber aus dieser Geborgenheit hatte er sich ja gelöst. Er ist durch ein Netz der Sicherheit hindurch gerutscht wie ein Fisch durch viel zu große Maschen. Er tat es unbewusst und mit voller Absicht.

Der Hunger der letzten Tage machte sich bemerkbar. In seinen Gedanken formte sich das Bild eines großen, saftigen, roten Apfels. Wie gerne würde er jetzt in den Supermarkt gehen und sich eine dieser großkalibrigen Früchte kaufen. Eine Mark. Wenn er nur eine Mark hätte. Aber seine Taschen haben schon lange keine Geldstücke mehr beherbergt.

Eine Mark. Nur eine einzige Mark. In Gedanken sah er vor sich den Pfarrer seiner Heimatstadt, wie er einmal während eines Gottesdienstes durch die Menge ging und nach einer Mark fragte. Haste mal ne Mark? Ne Mark. Oder der Bettler, der ihn einmal ansprach. Hast du ein, zwei Mark für mich? Ein, zwei Mark? Es hämmerte tief in seinem Kopf.

"Haste mal ne Mark?" hörte er sich sagen. Er erschrak. Hatte er es wirklich gesagt? Er blickte die Leute an, die an ihm vorübergingen. Er suchte in ihren Augen nach einer Antwort. Hatte er es gesagt oder nicht? Hatten sie es vielleicht nicht gehört? Oder taten sie das, was er früher auch immer getan hatte? Taten sie so, als würden sie ihn gar nicht wahrnehmen, als wäre er gar nicht vorhanden? Ihm ging es früher gar nicht so sehr um das Geld als um diesen unendlichen Aufwand, es aus der Hosentasche zu nehmen. Was hätten die anderen gedacht, wenn er einfach etwas Geld aus der Tasche genommen hätte und es einem Bettler gegeben hätte? Bettler? Wieso sagte und dachte er auf einmal Bettler? Früher waren er für ihn Penner, Landstreicher und Strauchdiebe, Rumtreiber und Hungerleider. Aber das war er ja jetzt auch, oder etwa nicht?

Er hatte seinen Hunger wieder vergessen. Es war ihm unangenehm, wie die Menschen an ihm vorüberzogen. Jeden Moment konnte einer aufschauen und ihn ansehen. Er schämte sich, weil er hier so saß. Er schämte sich, weil er früher keinem Bettler etwas gegeben hatte - noch nicht einmal ein Lächeln.

"Dann geh doch Arbeiten."

Eine ältere Dame baute sich vor ihm auf und blickte ihn bestimmend an.

"Andere tun das schließlich auch. Aber dafür seid ihr ja viel zu faul."

Arbeiten. Wer gibt einem Menschen, den die Gesellschaft schon längst aufgegeben hat, ja schlimmer, den die Gesellschaft als störend empfindet, Arbeit? Arbeit. Wie gerne hätte er gesagt:

90

„Ja, ich will. Ich will alles arbeiten, was möglich ist. Sag mir, was ich tun soll und ich werde es machen, nicht für Geld, nein, für etwas zu essen und für ein Dach über dem Kopf."

Aber sie war schon weg. Er merkte es daran, dass der Duft von Siebenundvierzigelf sich langsam auflöste.

Allmählich nahm er die Stimmen und Geräusche der Fußgängerzone wieder wahr. War er in Gedanken versunken und hatte alles nur geträumt? Ein Pfarrer ging vorüber, musterte ihn prüfend, als wollte er sagen, er solle die Messe nicht vergessen. Aber er sagte nichts und ging einfach weiter seines Weges.

Es war ein sehr heißer Tag, viel heißer als die Tage zuvor und er war froh, dass er einen Platz im Schatten gefunden hatte, von dem ihn keiner verjagte.

Ein Leben voller Kompromisse

Du sagst mir, was Du gerne magst
Du sagst mir, was Du gerne trägst

Du sagst mir, was Dir an mir besonders gefällt
Du sagst mir, was mir am besten steht

Du sagst mir, was Du gerne hörst
Du sagst mir, was Du gerne liest

Du sagst mir, was Du gerne trinkst
Du sagst mir, was Du gerne isst

Du sagst mir, was wir heute tun
Du sagst mir, wie es uns geht

Du sagst mir, wohin wir fahren
Du sagst mir, welche Freunde wir haben

Gut, dass ich Dich habe

Stehen geblieben

Wo war ich

Als die Tür ins Schloss fiel
Wo war ich stehen geblieben?

Sagtest Du nichts mehr?
Habe ich es nicht gehört?

Es ist so kühl
Warum ist das Licht aus?

Wo war ich
Als ich Dich das letzte Mal sah?
Wo war ich stehen geblieben?

Ich sah, wie Du Dich umdrehtest
Wie Du Schritt für Schritt zur Tür gingst
Was habe ich da empfunden

Außer nichts?

Mir ist kalt

Wo war ich?

Stehen geblieben?

Der Fremde

Er hatte sich selbst vertrieben
Aus seinem Heimatland
Ein beklemmendes Gefühl hielt inne
Bei allem, was er sagte und tat
Doch Flucht war gelungen
Er hängte sie ab
Und entkam ihnen knapp
Doch er hatte sich selbst gezwungen
Es war sein eigner Verrat

Wie ein Fremder durchstreifte er die Straßen
Jedes Fenster bekannt und vertraut
Ein beklemmendes Gefühl hielt inne
Ein Gedanke in ihm wurde laut
Er versuchte zu rennen
Eine größere Macht
Hielt über ihn Wacht
Und er lernte sein Eigen kennen
Es blieb ihm so lange verbaut

Er schaute hinab in den Brunnen
Dem Wasser das Leben entspringt
Ein beklemmendes Gefühl hielt inne
Was wird, wenn ein Leben versinkt
Die Hände an nassen Wänden
Der anderen Wut
Und er machte sich Mut
Doch er konnte die Tat nicht vollenden
Ein Zweifel, was die Zukunft bringt

Er ging noch sehr lange durchs Leben
Wenn ein Aug' ihm entgegen sah
Ein beklemmendes Gefühl hielt inne
Seine Angst, wieder war sie da
Tief in ihm war eine Schuld
Er wusste und wusste es nicht
Weder ein Lächeln noch eine Träne
Entsprangen aus seinem Gesicht

Die Jahre trieben ihr grausiges Spiel
Am Ende er doch alles gab
Heut' erinnert nur ein Name
Auf einem Stein an seinem Grab

Eine Blume

In purpurnen Farben der Morgen erwacht
Gräser, gestreift von der Sonne ganz sacht

Vogelstimmen durchwandern die Luft
Erfüllt von vielfarb'nem Blumenduft

Eine einzelne Birke, ihr Rauschen ein Lied
Ein Schmetterling an ihr vorüber zieht

Seine Schwingen ihn tragen, ganz sanft und leicht
Über ein Meer von Blumen, so weit's Auge reicht

Inmitten der Wogen, klein und versteckt
Eine einzelne Blume gen Himmel sich reckt

Sie ist nicht die Schönste, doch das stört sie nicht
Die Freude am Leben erhellt ihr Gesicht

All die andern, deren Schönheit verzückt
Von so manchem Wanderer werden sie gepflückt

Und als am Ende die Nacht bricht herein
Steht auf der Wiese eine Blume allein

Die Nacht, erfüllt mit Einsamkeit
Der neue Tag nach langer Zeit

Trauer in ihr Herz einsenkt
Der Morgentau eine Träne ihr schenkt

Da sieht sie am Rande einen Jungen steh'n
Der Wind lässt sie winken, er hat sie geseh'n

Er geht auf sie zu, bis er vor ihr steht
Sie fühlt, wie der Wind sanft über ihr weht

Mit einem Lächeln er sich zu ihr kniet
Und er hat das Gefühl, dass auch sie ihn sieht

Er greift ihren Stängel und nimmt sie auf
Und stürmt von dannen in eiligem Lauf

Vorbei an der Birke ans Ende der Wies'
Hin zur Mutter, die zu früh ihn verließ.

Er bohrt mit dem Finger ein Loch in ihr Grab
Und reicht ihr die Blume, die's Leben ihm gab

Um sie mit der Mutter, der Lieben, zu einen
Und leis, ganz leise fängt er an zu weinen.

Wenn Du mich noch liebst

Wenn Du mich noch liebst,
Wirst Du Dir keine Gedanken machen über das, was war

Wenn Du mich noch liebst,
Hörst Du nicht auf das, was ich sage

Wenn Du mich noch liebst,
Wirst Du wissen, dass Du die Einzige bist, die ich liebe

Wenn Du mich noch liebst,
Wirst Du warten auf den Tag,
An dem ich anrufe und Dir sage, ich habe es geschafft

Wenn Du mich noch liebst,
Wirst Du Dich erinnern an eine endlose Liebe

Wenn Du mich noch liebst,
Wirst Du halten, was Du einst versprachst

Wenn Du mich noch liebst,
Wirst Du weinen an meinem Grab